아름다운 사건

최영호 제3시집

시음사
시사랑음악사랑

시인의 말

바람의 길을 따라 헤매던 끝없는 시선,
그리움을 찾아 나선 나그네의 발걸음이 멈추는 마을
한때는 사랑이 쌓인 돌담길을 돌고 돌아
세월의 강물이 흘러 노을이 물들면
초가집 지붕 위에 둥근 달이 뜨고
작은 새가 날개를 접어 지저귀는 곳으로
아득한 하늘을 꿈꾸며 둥지를 찾아 잠들어
끝없는 애정 속에
푸른 별의 뜨거운 심장이 뛰고
산맥은 몸을 누이고 푸른빛으로 감돌았다.
붉은 태양이 태어난 아침이 오면
처음의 간절한 소망을 담아 사뿐히 걸어서
불타오르는 출발점은 반환점을 돌아
포물선을 그리며 시간은 느리게 흐르고 있다.
반짝이는 눈동자의 미쁜 소년이
고개를 돌려 푸른 하늘 아래
어둠의 그림자를 밝히는 날이면
신바람의 탈춤이 흥청거린다.

시인 최영호

♣ 목차

♣ 목차

QR 코드

스마트폰으로 QR 코드를 스캔하면 시낭송을 감상할 수 있습니다.

제목 : 아버지

시낭송 : 박남숙

제목 : 북소리

시낭송 : 박태임

♣ 목차

제목 : 바람의 나그네

시낭송 : 박태임

푸른 별에 닿아

바람의 길을 따라
나그네의 발걸음이 멈추는 마을
한때는 사랑이 쌓인 돌담길을 돌고 돌아
세월의 강물이 흘러 노을이 물들면
초가집 지붕 위에 둥근 달이 뜬다.

작은 새가 지저귀는 곳으로
아득한 하늘을 꿈꾸며 나래를 펴고
둥지를 찾아 날개를 접는 그곳에
애정이 샘솟는 푸른 별의 심장이 뛴다.

산맥은 몸을 누이고 푸른빛으로 감돌아
붉은 태양이 태어난 아침이 오면
처음의 간절한 소망을 담아
불타오르는 출발점은 반환점을 돌아
포물선의 그림자와 강물은 느리게 흐르고 있다.

반짝이는 눈동자의 미쁜 소년이
고개를 돌려 투명한 하늘 아래
어둠을 밝히는 날이면
신바람의 신명이 흥청거린다.

바람이 잠든 날

붉은 섶다리 아래로
세월의 강물은 쉼 없이 흐르고
햇살처럼 다정하게 다리를 거닐다
처음처럼 나누는 입맞춤이 뜨겁다

거친 인생이 봄을 꿈꾸며
아침의 공기를 기르고
작은방을 찾아온 한 줌의 햇살과
말없이 맺은 약속이 붉다

사람과 사람의 향기가 숨 쉬는
어린 마음이 자라나
봄바람 같은 시간이 멈추고
고요한 하늘이 부르면

흙꽃으로 피었다가
찬서리에 사흘의 눈물이
사나운 날
아라한의 시절인연이 저물어
바람은 푸른 날개를 접었다.

꽃신 신고

비릿한 바람이 불어오는
겨울 바다로 가자
차가운 바람에도 싱글벙글
날리는 머리카락 사이로
번지는 미소가 이쁘다

탁 트인 너와 나의 마음은
거침없는 용기가 넘쳐
한결같이 넓은 우주를 감돌아
붉은 심장이 뛰고 있다

푸르른 바다가 그리워
한 시절 나르는
갈매기가 날개를 접어
당신의 따뜻한 품으로
길게 드리운 노을이 반짝인다

분홍빛 약속을 속삭이는
입술이 향기롭고 달콤한 그곳
끝없이 밀려오는 시간이 멈추는
소녀의 웃음소리가 잠드는
작은방으로 꽃신 신고 가자.

테리우스를 꿈꾸며

가을이 깊어가는 노을빛 저녁
무거운 삶이 서쪽으로 기우는데
생활의 반복으로 하루가 저물어
맺지 못하고 지는 날이면
꿈처럼 그림자를 눕히고
아이들의 웃음을 덮고 산다

땡초를 다지고 버무려
화끈한 가을을 비비고
양심의 앞면과 어둑한 뒷면이
한걸음 다가와 경계를 허물고
잠깐 머물다 바람이 불어오면
이슬 더불어 사라질 인생이지만
사랑의 시절도 한때뿐인 것을
붉게 물든 가을이면 매콤한 용기가 선다

알버트의 다정다감한
살가운 삶을 어루만지며
길고 긴 하루가 저물어
잃어버린 유년의 푸른 하늘 아래
테리우스를 꿈꾸는 소년이 있다.

가을여자 가을남자

환하게 화장을 하고
가을이 깊어 언제나처럼
절정의 신음으로 물드는
어둑한 여자가 있다

항상 뜨거운 붉은 아우성이
저마다 길고 짧은 시간 동안
인연의 굴레에 딱 적당한 거리와
효능의 무게를 재단하는 남자가 있다

뚝 떨어지는 비처럼 허탈한 얼굴로
구름 사이로 포물선을 그리며
느릿느릿 저물어 노을이 질 때
그림자처럼 우울을 드리우고
빈 들판에 남루한 바람이 분다

새로운 세상을 꿈꾸며
심장을 포개어 하나로 울고 바라던
필연의 눈물로 피웠다가 시들어갈
뜨겁던 여름을 그리워하며
연기처럼 흔적 없는 여자가 있다.

웃음꽃이 최곱니다

어제의 햇볕으로 눈물 젖은
오늘을 말릴 수 없으니
내일을 꿈꾸며 오늘은 웃어요
행복은 형용사가 아니라
동사라서 웃음이 최곱니다.

슬픔은 눈물의 씨앗을 남기고
오고 감이 허망한 인생길에
그대를 향해 사랑의 꽃을 피우는
웃음이 최곱니다.

당신이 수고로운 손을 내밀어
진심을 담아낸 마음에서
웃을 일이 생기고 비워낸 자리마다
봄바람에 웃으며 살아요.

별을 그리며

당신이 있는 곳으로
밤이면 밤마다
까맣게 타버린 마음에
말 달리는 소리가 들리는 듯하다

별이 빛나는 밤이면
가장 먼 시간으로
돌아가기 위하여
더 높이 날아가는
밤하늘 페가수스를 빌린다

그대와 영원히 함께
살아가는 소망을 바라면서
유니콘의 뿔이 빛나기를
기다리는지 모른다

나의 품에서 그대의 마음으로
더 나은 곳으로 길을 달리고
이상을 향하는 아련한 눈동자
따스한 온기를 나누는 밤이면
백마가 그대의 빈 들판을 달리고
그대와 봄이 되어 날아올라
든든한 위안으로 살기를 꿈꾼다.

부용대 선유줄불놀이

시월의 첫 번째 토요일 밤이면
그대와 나란히 두 손을 잡고
부용대 절벽 아래로
인연의 줄을 당겼다

하얀 낮의 소금과 검은 밤의 숯이
전설처럼 한지에 감겨 천년의 사랑이
줄줄이 타오르고 줄줄이 시를 쓴다
세월을 거꾸로 휘감고 돌아가는
열일곱 소녀의 사랑이 흐른다

차가운 이별의 시간도
잊은 듯이 별처럼, 비처럼 내리고
뜨거운 짚단에 정염의 불을 붙여
떨어지는 불꽃의 용맹함이 된다

바람의 길을 따라
민들레 씨앗이 되어
정처 없이 날아가
당신의 마음속 꽃밭에
노란 들불로 피어오르고 싶다.

가을이 쓰는 편지

무릎이 단단한지 살피다
들숨과 날숨을 함께 나누고
어스름한 얼굴로 자음을 열고
끈적한 말씀이 모음이 되어
귓가를 맴돈다

달빛이 비치는 창가에
눈물처럼 흐르는 시간이
물방울처럼 반짝이는 운율이
밤이 길던 날, 거짓 없는 전율이
문장의 입맞춤이 오고 간다

가을이 깊어 잠이 들 때까지
흠뻑 젖어 울먹이며
디딜방아 아래 손잡이가 없는
검은 숲으로 꽃잎이 떨고, 울고
나비가 춤추는 야릇한 날도 있다

가을이 쓴 편지가 민낯을 그리다
앙가슴 열고 빈 들판을 달리다
미끄러져 쓰러지면
글의 향기 속 붉은 살 내음
아직도 젖은 숲으로 가자.

빛과 그림자

개돼지 같은 모난 돌멩이가 구른다
때때로 바람 불고 거친 들판을
어둡고 흐린 날과
힘들고 지저분한 밤길을
꾸역꾸역 구르고 굴러간다

금전의 힘과 권력을 향한
높은 곳으로 쉽고도
편안한 길을 따라 공정하지 않은
편법과 위법이 일상 속에서 판을 친다

가슴이 먹먹하게 아려온다
양심이 먹구름처럼 얼굴을 가리고
뻔한 거짓말을 밥 먹듯 하는
권력의 그늘에 새싹이 돋아날까

하늘도 부끄러워 눈감아 흐린 날
지금을 바로 세우고 나아가서
어둠을 밝히는 조용한 밤하늘의
달빛을 닮아 양심을 지키는 나붓한
작은 이상을 위해 깃발이 선다.

아주까리 어쭈구리

깊고 푸른 밤을 닮은 아주까리
잎사귀가 반짝인다
푸르른 뭇별과 함께
밤마다 머나먼 그대가 잠드는
하늘을 향하여 팔을 벌리고 있다

새벽이 오면 붉게 물든 낙엽처럼
바람결에 아침으로 오실까
기다리다 기다리다
그리움에 하얗게 밤은 깊어간다

동백기름 머리에 바르고
검은 눈동자 반짝이며
달콤한 밤은 달빛도 숨죽여
마른침 삼키고 처음처럼 위조한
문서를 닮아 양심의 문제가 슬프다

여리고 귀여운 시절은 저물어
소녀의 까만 눈동자를 닮은 듯
검은깨를 뿌린 듯 밤이 깊을수록
푸른 별이 비처럼 내리는
가을이 반짝이고 있다.

달그락

어둠이 내린 바닷가에 가보았지
끝없이 밀려오는 검은 파도에
별처럼 빛나는 까만 몽돌
달그락달그락 아우성이 애달프다

달그림자 투신한 물결 위에
우두커니 홀로선 그리움
잊어야 한다는 마음뿐
눈을 감으면 달처럼 떠오른다

고단한 삶의 여정에
모래성을 쌓아 보지만
거칠고 사나운 바람에
뽀얀 물거품처럼 사라진다

어둠이 깊을수록
달그락달그락
둥그런 보름달만 푸르다.

어릿광대의 봄

봄아 왔거든 내 품에 안겨라
너는 어쩌다가 홀로 피어나
거친 계절을 견디고 있는가

아무도 밟지 않은 첫눈 내린
차갑고 비탈진 에움길을 돌아
겨울처럼 단단한 삶의 무게에
못난이 가면을 닮아
웃다가 울다가 성난 표정이 처량하다

잊혀진 계절의 눈물이 흐르는 강가에
단둘이서 두 볼을 비비며 바라보는
두 눈에 애정의 꽃을 피우자

봄아 왔거든 가슴을 열고
내 품에 안겨 어둠이 깊을수록
선홍빛 짜릿한 기쁨의 꽃을 피워라

약속의 맹세가 십자가에 매달려
가난한 아침부터 배고픈 저녁까지
노을빛 쓰러지는 서산 너머로
어릿광대의 춤사위가 명랑하다.

탈춤을 춘다

심장과 가까운 왼쪽 발바닥부터
첫눈 내린 대지를 살포시 더듬고
높은 하늘을 향해 무릎을 올려
허벅지를 스치는 굳센 징 소리를 담아

어깨 위로 하얀 기상의
말을 닮은 북소리가 달리고
손끝으로 맞장구의 가녀린 대나무
숲으로 불어오는 잔가락을 만지고

소맷자락 능청능청, 버들가지를 닮아
바람결에 푸른빛이 잔뜩 서려 있는
눈을 감고도 마음에 눈을 뜨고
작은 구멍 사이로 코끝을 감도는
바람의 부드러운 공기와
땅의 기운을 느끼며
내면의 마음이 말하는 그대로
한마디 한마디 살아 있는 지금 그대로 담아
너와 나의 경계가 없는 증거를 주고받는 것을

지천명의 마음

내 마음은 봄의 정원을 닮아
명랑한 소녀가 포로롱 날아와
재잘재잘 속삭이며 이야기하고
뜨거운 소나기가 갑자기 내려도
넓은 어깨가 젖지도 않는다

내 마음은 여름의 바다를 닮아
푸른 하늘과 하나로 어울려
아름다운 사람들이 찾아와
위선의 옷을 벗고 아이가 된다

내 마음은 노을빛 물든 가을처럼
찬 서리 내리고 거친 바람에도
굳건한 마음은 애태우지 않고
붉은 그리움이 켜켜이 쌓여
낙엽처럼 바스락 부서져
사라져도 흔들리지 않는다

푸르른 나무가 가득한
큰 산을 닮은 마음은 비어 있어
귀여운 말투의 이름을 부르면
명랑한 목소리가 메아리가 되어
가슴을 울리는 맑은 아침이 된다.

여울지다 가는 인생길

바람피운 사람은
저승에 가면
이마에 불도장 받는다고
살아생전 먼저 가면
절대로 재혼하지 말라더니

그대는 이마에 별이 일곱개
이런 젠틀맨을 봤나
나만 모르고

여우 같은 그대여

혹시나 했는데
역시나 탁월한 능력자
맨날천날 좋아서 산다.

풀을 내리고

아부지예 마이 애빗내요
누말 따나 세월이 억시기 잘가네예
산만디가 아이라 들 심심치요
멧돼지 고라니가 놀러오지예
살짜기 일라가 백찌로 아부지 산소에
풀을 조지고 왔네예

아직 까지는 여자가 좋은데
애인이 없네예
어디 노는 가시나 없능교
아부지예 힘 쪼매 써주소 마
우째 안되겠능교

때때로 아픈 다리는 우야 까예
오늘 아직에도 우에 해볼끼라꼬
쑤셔 데이 깨네, 아프다꼬 빼라 카네예
억지로 하마 깜빵 간답니더

아부지예 산에 혼자 누버가 심심할까봐
빌소릴 다하지예
웃다가 벌떡 일어나이소 마
억수로 보고 싶네예

가을 바다는 물들지 않는다

길 끝에 불어온 갈바람에
가을은 자갈로 밥을 지어
속닥속닥 소박한 양념의 반찬과
앙증맞은 가슴의 찌그러진 냄비로
뜨거운 그리움을 먹는다

가을은 세월의 무게에 기울어져
그리움만 가슴에 남아 붉게 물들고
높고 낮은 경계가 없는 하늘 아래
끝없이 밀려오는 당신 생각에
상념의 바다는 잠들지 않는다

달처럼 둥글게 안겨서 웃다가
아기처럼 귀여운 말투로 칭얼대는
작은 가슴을 만지며
팔베개 하나로 안고서
낯선 이야기와 아침이 밝았다.

가을이 오면 오신다는
그리운 소녀는 소식도 없고
길 없는 길을 찾아서 가버린 다음
잿빛 마음, 가슴이 뛰던 날도 저물어
아련한 그리움만 남았다.

국수 삶는 날

여름이면 생각나는 그리운 어머니
뿌리를 닮은 듯 앙상한 손 마디에
아련한 꿈이 꾸덕꾸덕 마르던 날
성스러운 몸짓 뜨거운 반죽 한 덩이
홍두깨로 살살 밀어 펼친다

초가지붕 아래 도란도란 둘러앉아
이런저런 이야기에 아담한 사랑을
밀어주는 날은 참새가 날개를 접고
엄마의 솜씨가 차분히 줄을 선다

느린 시간이 잿빛 하늘을 닮아
천천히 홍두깨에 밀려난 차분한
정성이 그릇 위로 소복한 고명과
바다를 건너온 비릿한 멸치의 삶이
그리움의 기억으로 듬뿍 담긴다

도담도담 아이들 웃음이 잠들면
별이 내리는 여름밤으로
야릇한 어둠이 깊을수록
엄마는 후루룩 울었고
아버지 헛기침 소리가 밤을 깨운다.

하회마을 살자

사랑아 이쁜아
들꽃 같은 사랑아
풍산들 황금 물결
일렁이는 날

꽃잎이 바람에 날리면
다 함께 걸으며
사랑아 이쁜아 둘이 살자

우리는 가을나이
스러지는 노을나이
부용대 별똥별이 멀어지면은
둘이서 나란히 거닐며 살자

온돌방에 장작불을 가득 넣고서
겨울나기 뜨거운 날이 가고
사흘의 눈물이 마르면
사랑아 이쁜아 둘이 살자.

아이처럼 첫눈이 되고 싶다

거칠고 사나운 바람에 꺾인
봉긋한 가슴의 상처마저도
보듬어 안고서 따사로운 속삭임에
어두운 밤을 지새우고 아침의 그물에
이슬처럼 맺힌 그대의 얼굴이 좋다

처음처럼 사랑을 더듬더듬 읽는 아이는
푸른 이상에 매달려 뜨거운 가슴
아름다운 춤을 추고 땀에 젖은
그리움을 머금고 살다가 어느새
찬 서리 서리서리 내리면
비탈진 인생길에 사라져도 좋다

아이와 나는 바람에 떨어지는
가벼운 낙엽처럼 함께 뒹굴고
바스락바스락 부서져 먼지가 되어
사라진다 해도 오롯이 부끄러운
첫날밤의 처음처럼 사랑하고 싶다

새벽 물안개가 피어오르는
아침처럼 여름을 적시는 시원한
소나기로 오신다면 그리움을
품에 안고서 밤새워 소리 없이
입술에 쌓이는 첫눈이 되고 싶다.

부산에서 강릉까지

붉게 피고 한철 꽃잎으로
떨어지는 비에 젖어 살다가
밀려오는 파도의 그리움 안고
물거품처럼 사라져 간다

무궁화 기차를 타고
부산에서 강릉까지
푸르른 날들이 비틀비틀
지나간 시절이 아련하다

동해가 친구가 되어
파도는 하얗게 부서져
시간은 천천히 흐르고
푸른 하늘의 그리움을 배운다

억척스레 살아가는 사람들 사이로
한 보따리 푸성귀 짊어진 삶이
순박한 햇살이 가득한 창가에
도란도란 사투리가 사랑스럽다.

일출

용감하지 않으면 희망은 없다
이글이글 떠오르는
동해의 태양을 보라
어제는 죽고 없어도
오늘도 또다시 해는 뜬다

붉은 화장을 고치고
오늘을 일으켜 세워
부끄럽지도 않은가 보다
찬란한 옷을 벗고
사랑의 등신불이 된다

어둠을 밝히는 뜨거운 포옹
수평선에서 지평선까지
작은 소녀의 가슴을 만지며
따스한 온기를 나누며
하루를 내려놓았다

서쪽으로 그려지는 키보다
기다란 그림자를 바라보며
그리움으로 살다가 뜨겁던 태양도
노을빛 스러지면 진리의 시간도
조용히 잠든다.

바람의 말

바람의 말을 들으며
물 한 모금 먼저 주며
잘난 것도 한 걸음
모자란 것도 한세월 흐르면
똑같은 하룻길

거울 속의 자신을 보듯이
서로 불쌍히 여기며
원망하고 미워하지 않고
용서하며 살면 좋겠다

흐르는 물처럼 대지를 적시고
시냇물 졸졸졸 흐르는
바람의 마음에 등불을 달아
감나무 한 그루가 되어
홍시처럼 익을 수 있으면 좋겠다

겨울 감나무 가지 끝에 매달려
남아 있다가 새들이 지저귀는
사랑의 말 들으며 가만히 눈감고
까치밥이 되면 좋겠다.

봉선화 물들면

굴곡진 비탈길을 돌아보니
넘어지면 다시 일어나
부둥켜안고 피어나
첫눈이 오시면 다시 만나자
한 맺힌 약속의 봉선화 꽃이 핀다.

꽃잎을 가슴에 물들이고
발그레 소녀는 죽고 없어도
조국의 가슴에 남아
뜨거운 그리움의 눈물이 맺힌다.

다시는 다시는 치욕의
아프고 답답했던 역사를
잊지 말라고 담장 밑에
동여맨 머리띠가 붉게 피었다.

하얗게 부서진 어린 소녀의
움켜쥔 손톱이 물들면
울 밑에 선 절절한 봉선화
노랫소리가 울타리 넘어
붉은 아우성이 귓가를 맴돈다.

백정탈

고려와 조선의 겨울을 견디고
가장 낮은 계급사회의 몸뚱아리
백정이라는 말이 변해서
백성이라는 단어가 만들어졌다

한국의 탈춤에서 유일한 백정
이름 그대로 칼과 도끼를 들고
삶과 죽음의 외줄을 걸으며
세월의 강물을 돌고 돌아
맥맥히 살아남았다

비우고 낮추는
까칠한 하루가 저물어
노을이 서쪽에 물들면
번개보다 빠르게 휘두른 도끼
불그레 녹슨 삐딱한 고통을 던진다

처음부터 짓무른 빈틈을 채우고
느린 강물은 시간을 거슬러
어둠이 깊을수록 더욱 빛나는
핏빛 그리움의 불꽃을 태운다.

목화꽃 피는 날

목화꽃 비바람에 외로이 피어
가만히 흔들리는 꽃잎을 보면
그대가 웃는 얼굴을 닮아 있다.

뭇 벌처럼 날아가
밤낮없이 안기면 좋으련만
일그러진 중년의 가을 나이
푸르른 하늘은 검게 변하고
타버린 잿빛 그리움이 하얗게 맺힌다.

아침부터 저녁까지 부는 바람에
정처 없이 흔들리는 꽃잎이 서러워
달빛은 은하수를 가로질러
멀고도 아득한 무중력을 지나서
오로지 무아를 찾아서 간다.

돌담길을 따라 걷다
어느새 어둠은 내려와 마침내
시절인연이 옷을 벗고
반듯한 필연으로 만나면
무명 저고리를 다려 입고 춤춘다.

무아의 자아를 찾아서

참 나를 찾아 마음의 길을 따라
보리수 아래 시간은 흐르고
순간을 바라는 마음으로 앉아
밤새워 집착을 내려놓았다.

영롱한 아침이슬이
햇살에 맑게 빛날 때
낮은 숨소리 부드럽고 문득
둥근 낮달이 가만히 떠오른다.

그리움의 길을 따라 삼매에 계단
문 없는 문을 지나가면 빛의 세상
먹구름 일어서는 천둥소리도
꽃비에 젖은 애인이 아름답다.

풍경 소리에 놀란 마음이 천천히
편안한 얼굴이 되고 환하게 빛난다
내려놓고 놓아 버린 낮은 자리엔
너도 없고 나도 없는 꽃동산에
아미타불이 되어 웃고 있다.

팔공산 갓바위

촉촉하게 미소 짓는 얼굴로
천년을 하루같이 그리움에 젖은
바위가 바람결에 시간을 거슬러
저무는 석양을 등지고 앉았다

목마른 대지를 안고 쓰러진
젖은 구름이 지나가고
살 오른 희생을 바쳐
검은 연기 그을린 얼굴로
배고픈 영혼이 애가 탄다

무거운 걸음마 오르고 올라
신통의 바램을 촛불에 담아
팔공산 높은 바위에 걸림 없는
절실한 기도가 엎드려 끝없는
바람에 작은 촛불이 춤을 춘다

어둠의 밤을 밝힌 뜨거운 발원심
인연의 수레바퀴가 비틀거리며
돌고 돌아 찰나를 훔친
쫄깃한 태양이 검푸른 하늘을 향해
바다와 하나로 붉게 솟아오른다.

하회마을 뱃놀이

노을빛 중년의 가을나이
삐쩍 마른 삶을 착하게 붙이고
일렁이는 물결 위로
반짝이는 강물은 눈을 감는다

노을빛 강바람을 맞으며
미끄러지듯 흔들리는
늘어진 버들가지
바람결에 춤을 춘다

줄줄이 타오르는 불꽃같은
검붉은 팔뚝에 힘이 난다
푸른 별빛이 빛나는 강물은
천천히 오랫동안 흐르다 맴돈다

낡고 삐딱한 작은 배를 타고
잊혀진 옛날의 사랑이 흐르는
밑바닥을 꾹꾹 눌러가며
찌걱찌걱 삿대질은 밤을 채운다.

열정이 살벌하다

뙤약볕 맑은 하늘 아래
우두커니 홀로선
첫사랑
어색한 키를 세로로 길게 세우고

이름도 순박한 개망초가
하늘 향해 나부끼는 깃발처럼
노란 가슴 풀어 놓고 헤벌쭉 웃고 있다

얼마나 간절하면 가슴부터 풀어 놓고
부끄럽지도 않은 꽃의 열정이 살벌하다

너처럼 선명하게
천진난만한 웃음만 머금고 살고 싶다.

하루살이

하루살이의 사랑도 아름답다
한철 메뚜기도 가을의 들판을
뛰어다니며 사랑옵다
바위처럼 너를 안고
천둥벌거숭이가 되어
별을 담고 뜨거운 미소를 만진다

푸르던 홍안의 청춘도
늘어진 버드나무 가지 마냥
바람에 길든 허튼춤을 추다
잘 자요 다정한 속삭임에
노을빛으로 저물어 간다

가식 없는 늘어진 언덕을 넘어
따스하게 달궈진 너를 찾아서
머나먼 지평선과 아득한 수평선까지
모퉁이 없는 둥근 하늘을 안고
천천히 오랫동안 하루를 내려놓았다

고단했던 오늘을 눕히고
축축한 일상을 보송하게 말린
당신의 맑고 투명한 눈동자와
내일은 몽땅 사랑만 하길 바라며
하루살이 마지막 날이 밝았다.

감자꽃 피던 시절

아궁이에 다시 살린 불씨가
분주한 새벽부터 도톰하게 도드라진
분홍빛 입술을 닮은 그리운 햇살이
미모의 고향은 향기로운 흙냄새가 난다.

눈뜨면 허리 굽은 호미가
밤새 안녕을 묻고 허기진 영혼이
더듬는 감자밭 이랑과 고랑 사이
손톱 밑에 검은 자줏빛 꽃이 핀다.

아침부터 저녁까지 언덕배기 비탈진 밭에
배고픈 하루가 포물선을 그리며
느리게 흐르는 시간이 서산에 물들면
산 그림자 내려와 골목을 돌아
햇감자 굽는 검은 아궁이 검붉은 숯불에
헐벗은 아이들의 눈동자가 반짝인다.

길게 늘어선 미루나무 비포장길에
푸른 하늘 아래 흙먼지가 날리는
느린 시간이 허기진다.

하회마을에서

봉황새 높이 날아올라 한 뼘도 안 되는
누리를 내려 보면 강물이 돌아가는 마을
물 위에 둥둥 뜬 연꽃을 닮았다
옛살비 돌고 돌아 푸른 그리움에 내려와
연분홍 치맛자락을 펼쳐 가시버시 꽃잠 자는 밤이면
된바람이 들어오는 길목을 돌아
갑옷을 입은 푸르른 천연기념물 만송정 솔숲이
바람을 막고 밤새워 지키고 있다
초야를 치르는 의성 김씨 처녀의
새색시 볼이 살포시 붉게 물들어 사랑옵다.
불천위 할배 제사를 모시는 날이면
늙은 손자는 술잔을 올리고 바람도 멈춘다.

* 옛살비 : 고향
* 꽃잠 : 가시버시 첫날밤의 달콤한 잠자리
* 불천위 : 나라에 큰 공을 세워 죽은 사람의 위패를 옮기지 않고 수백년 제사를 모시는 할아버지
* 사랑옵다 : 귀엽고 사랑스럽다

아버지

노을이 불그레 물들면 묵은지 숭덩숭덩 짤라 넣고
아래위로 쓱쓱 비벼가며 당신은 한 숟갈 나 두 숟가락
정다운 미소가 아름답다.
아랫목 뜨끈한 아궁이 가득 군불을 넣어
구들장 등을 지지던 느린 시간이
이불속으로 들어와 그리운 얼굴에 노둣돌을 놓는다.
그 겨울의 끝에 거룩한 언 손이
거북이 등처럼 갈라진 무논엔
흙 꽃 피워 반갑고 보드라운 삶의 흔적을 몽땅 안고
보듬어 봄은 말을 타고 왔다.
언덕 너머 비탈진 밭고랑에
키 작은 진달래꽃 피면
어린 속살을 내밀고 가지런하게
처음 열린 하늘을 그리워하며
눈물 젖은 옷고름 풀던 날도 있다.
새벽부터 저물어 노을이 질 때까지
어깨를 누르는 노동의 뒤안길로
웅크린 발자국 따라 고개 숙인 머리 끄덕이며
한 줌 흙으로 사라져 갔다.
삭풍이 몰아치는 겨울에 눈 맞으며
소나무는 바위 절벽 끝에 담담하게 서 있다.

제목 : 아버지
시낭송 : 박남숙
스마트폰으로 QR 코드를 스캔하면
시낭송을 감상할 수 있습니다.

왕국의 꿈

이천년 전 조문국 경덕왕
붉게 물든 노을 속 그리움
작약꽃 붉은 빗장을 열면
총총 늘어나던 왕들의 쇠락을 지키고 서서
노란 금관 흔들릴 때마다 황금 눈물이 흐른다
신록의 계절 변함없이 돌아와 목놓아 부르며
찬란했던 영광이 바람의 길을 간다
신혼부부 기념 촬영에 벙글어진 미소 닮은
황금 꽃신 사라진 왕국
조문국 유적지 붉은 꽃 언덕 너머로
오고 가는 나그네 쉬어간다.

푸른 눈물

나무도 눈물을 흘린다
매달린 눈물이 떨어지는 날은
아침부터 까만 눈동자 사이로
푸른 물감 풀어 나무는 날숨을 그린다

지평선 너머 수평선까지 무욕의 바람이 분다
가슴 가득 여리고 맑은 공기를 마시다
빛을 찾아가는 키 작은 나무 하나
하늘을 찌르면 서글픈 눈물이 흐른다

푸른 꿈을 향해 흔들리는
깃발 아래 우뚝 솟은 절망
비에 젖은 검은 바다
밤마다 부엉이 울음 운다

밀려오는 높고 낮은 파도를 닮아
뜨겁던 입맞춤을 그리워하며
차디찬 겨울 바닷가를 거닐다
홀로선 등대처럼
나무는 밤새워 삭풍 앞에 있다.

너에게로 시간은 흐른다

젊디젊던 푸른 얼굴이
찬서리가 내리면 슬픔이 깃들어
찬란한 붉은 아우성도 방울방울
이슬처럼 구슬로 매달려 떨어져 운다.

흐르는 계절 따라 피었다
잠시나마 가만히 흠뻑 젖어
바람에 흩날리는 어린 꽃잎처럼
자연의 시간은 멈추지 않는다.

너에게로 가고픈 마음도
추스른 몸으로 보듬어 안고
저물어 쓰러지는 노을과
한줄기 한숨과 함께하다.

까맣게 타버린 속삭임을 그리다 잠들면
아련한 목소리가 들리는 듯하다
뒤돌아 문득 떠오르는 둥그런 얼굴

잿빛 흐려진 차가운 계절은 가고
그렇게 여울지다 사라진 날들이
아물지 않는 날들이 돌고 돌아
너와 나의 시간은 강물처럼 흐른다.

사다리

검은 눈동자가 올망졸망 구르고
왁자지껄 유년의 들뜬 모퉁이
철없던 까만 얼굴에 고사리손이
흙먼지 뽀얀 생의 길목에서
무지갯빛 영롱한 하늘을 탐했다.

한 계단 오르면 높은 하늘에 닿아
푸른 구름이 꿈을 찾아
부푼 가슴 가득했던 얼굴이
따가운 태양 아래 흐르는 땀방울,
검게 그을린 서낭당 길을 따라
물오른 가지 끝엔 거칠고
울퉁불퉁하게 터진 성스러운
분홍빛 정열의 꽃이 핀다.

비틀비틀 굴곡진 세월에
낡은 발판에 중심을 잃고
다시 딛고 오르는 바람의 하룻길,
젖은 서러움이 먹구름처럼
몰려와 애틋한 사랑이 고프다.

하늘에 뜻을 안다는
지천명의 나이가 되도록
한 시절 다정에 매달린
다섯자 긴 다리를 웅크리고
무릉도원의 꿈을 키우는
복숭아나무 아래 쓸쓸히 누워있다.

바람결에

내일 또 다른 봄을 위해
아주 작은 얼굴로 이야기를 합니다
내 것은 없다는 진실에 방점을 찍고
감정의 물결이 넘실대는 그때 잠시
멈춤 없이 바람결에 흔들리며
돌아온 그림 같은 빛을 소망합니다.
다시 부르면 노래하는 봄은
자연에서 왔다 꾸밈없이
자연으로 돌아가는 길에서
참 사랑으로 변곡점을 찍고
포물선을 그리고 있습니다.
내일로 가는 당신의 뜨락에
꽃이 지고 나면 푸른 꿈길에
꽃말 잊어도 빛을 찾아서
새로운 봄을 위해 하늘을 닮은
뿌리 깊은 나무는 꽃눈을 품고 있습니다.
푸른 창공에 끝없이 속살거리며
다정한 마음으로 깃을 세우고
한결같은 그리움과 날아올라 다시
한가득 설렘을 품은 작은 새들처럼 분주한 순간입니다.
들불처럼 바람결에 왔다
구름 따라 거침없이 날아가는
민들레 보드라운 씨앗의
자유로운 영혼이 되어
윤슬 반짝이며 물결 사이로
아이처럼 재잘재잘 피어납니다.

하회마을 양반탈

새로이 파낸 곳으로
앙다문 입술을 깨문다
양반탈은 가변의 탈
때로는 호통치고
때로는 온화한 미소를 짓는다

푸르른 하늘 아래 피었다
맑은 샘이 솟는 작은 얼굴에
조금 더 화려한 초대로
고운 임 오시는 걸음걸음
고단한 일상은 꽃길이 된다

청춘의 훈장 같은
늘 웃는 표정이 참 이쁘다
깊은 내공의 속에서 겉으로
찬란한 얼굴에 웃음꽃은
둥근 초가지붕을 닮았다

별들이 쏟아져 내리는
밤이 끝나면 어둠을 밝혀
아침이 눈을 뜨고 마음이 활짝 피어나
빛나는 봄과 함께 너에게로 가는 길,
오로지 한결같은 미소가 번진다.

바람의 그리움

밤이면 목청을 돋우어
개구리가 울었던 그때도
살아가는 오직 한가지
절실한 이유는 십자가의 길

아침에 해가 뜨고
성실히 반복적인 일상 속에
아버지의 아버지가 살아낸
하루의 무게가 육중한 까닭에
차갑게 굳은살이 박인 상처와
무성한 바람의 길이 겹다

수고로움을 보듬고 헹구어
언 손의 고단한 삶을 살다간
아버지의 어머니가 그리움에
한 가닥 희망의 바늘을 잡고
밤이면 밤마다 베틀에 앉아
삶을 엮어 동그랗게 여울지고
푸르던 동심원 꿈꾸며 그립던
시절이 눈앞에 아련하다

처음처럼 애처롭던 아이도
살갑게 보드라운 속삭임이
철새 따라 가버린 분주함도
고요하고 적막한 텅 빈 둥지에
산산이 부서진 희생의 결을 따라
간절한 기도가 하늘에 닿으면
딱 그만큼의 바람이 그리움과
넘나들며 부활의 꿈을 꾼다.

낙화의 계절

지금, 이 순간 바로 여기
이별의 바람이 불어와
삶이 갈라선 슬픔의 계절,
속울음 삼킨 어린 꽃잎은
눈처럼 날려 흩어져 갑니다.

봄은 첫사랑의 이름을
향하는 깃발입니다
거친 비바람에 만날 수 없는
슬픈 사연이 펄럭이고
울먹이는 눈물로 나부낍니다

날마다 돋아나는 생명의 근원,
다시 오지 않을 찬란한 얼굴이
뜨겁던 한때, 함께 했던 첫걸음의
언덕 아래 보드라운 속삭임에
아찔한 밤은 겨울 속 여름입니다.

사흘의 눈물이 마르면
다시 볼 수 없는 얼굴엔
마지막 꽃다발을 던지고
잊을 수 없는 불멸의 밤이
슬픈 계절과 저물어 갑니다.

목련꽃이 피면은

그대로 인해 광합성을 하는 날은
오랜 기도 끝에 푸른 밤마다
부풀어 오르는 그리움을 모아
하얀 기대감에 달빛도 물든다.

겨우내 움츠린 어깨를 펴고
뽀얀 향불을 올린 수도승 같은
은해사에 새벽 예불을 알리는
불경 소리가 빈 마당을 깨운다.

푸른 하늘이 눈을 뜨는 뜨락에
한 시절 혹독한 겨울을 지내온
홀로 핀 목련꽃 두 손 모아
땅속 깊이 들숨을 마시고
가만히 길고 긴 삼매에 든다.

하얗게 부풀어 오른
번뇌의 숲으로 번거롭던 계절은 숨죽이고
바람이 고요히 잠들면
찬연하던 한철이 지나간 자리
불꽃 같던 인연이 사그라진다.

길 없는 만휴정에 가면

길 없는 만휴정에 가면
먼 산을 돌아온 봄이 때마다
떨어져 부서지고 또다시 흐르다가
문턱 앞 아련한 물소리에 산수갑산 봄이 싱그롭다.

사라진 번뇌의 숲으로 무수한 별들이 쏟아져
사무치는 날마다 계곡을 휘감아
일그러진 물보라가 되기도 한다.

쓸쓸한 두려움에 사로잡혀
건널 수 없는 다리를 건너고
우두커니 홀로 선 외로움을 씻고
그대로 무심히 잊어버린 다음날

맑은 매화 향기 가득한 뜨락에
꽃불을 달아 뭇별은 몸을 말리고
어둠을 밝혀 사랑스러운 바람도 둥글게 돌아
흐르는 물처럼 낮은 곳으로
바람에 날리는 꽃잎이 되어
봄이 향불을 달아 아슴아슴한 마음을 흔들고 있다.

배내골에 배냇짓 미소

골짜기마다 꽃피는
배내골에 봄이 오시면
어머니 주름진 얼굴에
하늘하늘한 연분홍 꽃이 핀다

한때는 가난에 허덕이고
생사의 보릿고개를 넘던
가늠할 수도 없던 시절도
축복처럼 봄비가 내린다

찔레순에 물이 오르고
푸른 하늘도 흠뻑 젖어
먹먹한 방안 가득 거칠어진
마른기침이 잦아들고
아버지 무거운 어깨도
느긋하게 젖어 버렸다

아궁이 가득 장작개비가
이리저리 몸을 뒤집고
분주한 하루가 지나면
구름처럼 몽실몽실 피어오르는
배냇짓 미소가 번진다.

봄의 기도

기쁨의 씨앗을 심고 새싹으로 다시 피어올라
쓸쓸한 별이 빛나는 밤으로
천천히 너의 시린 어깨를 보듬어 안고서
속삭이는 봄이 되겠습니다.

결빙의 겨울이면 아이들과 썰매를 타고
단단한 얼음도 녹이는 해맑은 웃음이 되겠습니다.

꽃샘추위 끝에 가파른 절벽에 매달린
동백꽃 붉은 영혼이 되어
높고 낮은 곳으로 떨어져 한줄기 강물이 되겠습니다.

당신이 나를 모르신다면
따뜻한 가슴으로 불어오던
해맑은 어린이의 웃음도
차가운 바람에 흔들리는 슬픈 깃발이 됩니다.

너를 향해 노를 젓는 나의 거친 바다는
한결같은 기도를 올리고
수평선 아래로 저무는 태양처럼
어제보다 더욱 간절합니다.

나를 너에게 보낸다

큰 방울이 울리면
"술령수" 큰 소리로 신명의 다짐을 한다
억눌리고 짓밟힌 계급사회의 과거와 현재의 만남
모든 아픔을 딛고 선 신명의 길을 간다
바지저고리의 소맷자락에
찬연한 핏빛 물들인 붉은 치맛자락에
또바기 거듭한 춤사위에 사람꽃이 활짝 피었다
눈비 맞으며 열일곱 붉은 마음이 떨고 있다
댕기머리 드리우고 명주수건 흔들면
피었다가 "뚝" 이별이 된다
나를 너에게 보낸다
까마득한 미래에도
인류의 아름다운 삶을 담보로
분주하던 숨소리 뛰던 심장도 고요하다
한때의 웃음소리가 바람처럼 스쳐간다.

신바람이 분다

바람이 불면 바람 앞에 몸을 세우고
소나기 내리면 영혼까지 흠뻑 젖어
눈발 흩날리면 춤판을 날았다
밤이면 하얀 종이에 별을 수놓고
삶과 죽음을 아름답게 노래했다.

피할 수도 도망갈 수도 없는 길을
아이처럼 순수한 사람과 함께
혼신의 등불로 바램의 길을 밝힌다
각시탈을 쓰고 춤추는 어깨에
바람이 스치면 눈물의 꽃이 핀다.

깊게 뿌리를 내리는 나무처럼
든든한 고향을 노래 부르고
열정으로 춤추며 진심을 담아
아픔도 슬픔도 웃음으로 녹이는
큰 부채 펼친 보름달이 눈을 뜬다.

북소리 멈춰버린 무대 위에
천년 바위에 새길 마음을 밝혀
우주 끝 모퉁이를 돌고 돌아
오로지 기쁨을 주는 신바람이 분다.

두 쪽

아침저녁 잊지 않고
관심의 물꼬를 튼다
투명한 모자를 쓰고
벗겨진 속옷 사이로
검은 보자기 하나

둥근 항아리 뚜껑을 여는
투박한 만짐의 손길이 거칠고
절묘한 체위의 무릎 아래로
야리야리하게 터지는 두 쪽

쪼그리고 앉은 다리 밑으로
쪼르르 흐르는 농염한 말
쭉쭉 뻗은 통통한 몸매에
문밖의 달빛도 고요하다

뽀얀 관음증 삭이고
풋내기 비린내가 돋는다
정성의 손길이 어울려
고소한 참기름 내리면
콩나물이 새싹을 틔운다.

사랑방 손님

새로이 오시는 봄이면
홀린 듯 천천히 오랫동안
뻐근한 꽃대가 솟아오른다.

섶다리 넘어 부엉이 메아리
먼 숲길을 돌아 귓가에 속살거리면
골짜기 천수답은 흠뻑 젖었다.

느긋한 달빛 아래
아롱거리는 아궁이 건너
발그레한 매화꽃이
불빛에 이리저리 잠을 설친다.

시커먼 아궁이 가득
빠짝 마른 장작개비가
타닥타닥 헛기침을 하면
방안 가득 농염한 노래가 들린다.

밥상머리

어릴 적 부엌에서 방으로 들어오는
작은 문으로 행복을 담은 밥상,
따뜻한 둘레 판에 모여 앉아
아버지 수저를 들 때까지 초롱한
눈빛과 얼굴이 꽃처럼 핀다.

굴곡진 비탈길을 걸으며
땔감을 구해야 발을 접던
고단한 삶을 살다간
당신의 수고로움에 오늘이 있다.

검정 솥에 죽 한 사발 연명해도
씨 떨어진 터를 원망하지 않으시고
하늘을 안고 떨어져 바람을 벗 삼아
나무처럼 빛을 찾아가 우뚝 서서
부지런한 내일의 꿈을 향해 가신다.

끝도 없이 하시던 말씀 보릿고개,
아득한 하늘이 노랗게 물들어
헛배 볼록 튀어나온 퉁퉁 부은 날
그곳에서 아침은 자셨니~껴.

초가삼간

아궁이 가득
마른 장작개비를 넣고
들판을 뒤집어쓴
더벅머리 초가집에 가면

연미복 입은 하느님도 한살림
마루 아래 호랑이도 한살림
골목을 돌아온 바람도 한살림

마음씨 좋은 시골 초가집을
쓸고 닦고 툇마루를 문지르면
뭇별이 내려와 걸터앉아
옛날의 이야기를 듣고 있다.

판치생모

떡판의 국화 모양에 티끌이 난다
반복을 거듭하는 주체와 개체가 나뉘어
저울과 잣대로 비교 못 할 만큼
번잡하고 분주한 모습이다.

적멸의 통찰을 바탕으로
가르침의 길을 나선 선구자는
두뇌가 보고 느낀 거짓된 감격의
허망한 바램 너머로 파도가 친다.

내려놓고 즉시 버린
한결같은 마음 자리
토끼 머리에 뿔이 녹아내리고
거북이 등에 털이
하얗게 빛바랜 세월이 지나면
주인은 나부터다.

이빨에 난 털이 또바기 걸어왔다
삶과 죽음이 마주 선 구름 아래
벼락이 치고 꽃잎이 허공을 난다.

강 노을 눈사람

가만히 홀로선 눈사람
찬바람을 견디지 못하고
지친 어깨가 서럽다

첫사랑 소녀의 입술에
투명한 하룻밤을 꿈꾸며
붉게 멍든 날은
저물어 어둠이 내린다

낯선 떨림 뛰는 가슴 가득
태양이 잠들면
강물이 되어 흐른다

노을빛 물드는 서산에
짙은 어둠이 내리면
사납고 거칠어진 강바람도 곱게 잠들고
눈사람은 푸른 별이 된다.

낙동강의 탈춤

낙동강이 흐르고 흘러
고려청자를 만들던 솜씨가
사람의 얼굴을 나무에 조각했다
자유와 평등을 승화시킨
탈춤은 슬기로운 가치가 있다

보름달이 뜨면 숯불이 타오르는
강물 위로 노를 저어 간다
마음의 등불을 달아
세상을 밝히고 뜨거운
사랑의 온도를 살았다

시간의 여정에 뚜렷한 증거,
돌도끼 휘두른 마애의 솔숲으로
바람의 강물은 흐르고
과거의 신명으로 기적같이 살아
합천 밤마리 마을에서 다시 태어났다

바람이 지나가는 이유 없는 진실 앞에
길 없는 자유를 찾는 수영 사람과
동래의 밤을 달이 뜨고 봄이 왔다
강의 품에서 태어난 오광대의 어깨춤
덧뵈기로 다진 장단이 구수하다
고성 바닷가에 뭇별이 통영의 야경을 밝혔다.

백두에서 한라까지

어디서 왔다 어디로 가든지
꽃이 피는 계절은 마음에 있다
비 온 뒤에 무지갯빛 꽃길만 같아
아름다운 사계절을 꿈꾼다

농익은 여름의 뜨겁던 태양도
된서리 맞은 갈잎에 갈색 향기가 난다
이념이 갈라놓은 민족의 열매가 익었다

시간을 누리는 푸르른 날이
평화로운 통일의 여유와 만나고
서럽게 울던 분단은 하나의
꽃으로 피어오른다.

통일의 불씨를 살리는
비상의 날개를 활짝 펼치고
백두에서 한라까지 하얀 달빛 고요한
철책선을 날아올라 화려한 불춤을 춘다.

몽땅

가을이 지핀 사랑으로 불타오르는
산과 들은 온통 뜨겁다.

그대로 또바기 번져와
너와 나의 작은 가슴으로
몽땅 행복하면 정말 좋겠다.

가을나이 빗방울이 떨어지는
찰나의 순간을
가을비에 스치는 바람이 되고 싶다.

겨울의 한기가 웅크리고 앉아
한철 떨어져 사라질 뿐이었다
나무는 살기 위해 수관의 물을
뿌리로 내리고 푸른 옷을 벗었다.

숭고한 삶의 여백을 우두커니 실천하는
가을나이 중년이 되면
몽땅
나무처럼 비우고 낮추는 습관이 필수다.

신바람

마주 보는 눈동자는
그윽한 향기에 취해
영혼을 나누어 먹고
한 결의 숨결이 된다

어깨를 기댄 순간부터
명랑한 가슴은 뛰었고
갈잎처럼 가벼운 미소로
떨리는 입술은 웃었다

수없이 많은 시간이
한참을 우두커니 멈추고
또바기 걸어가는 걸음에
신명의 바람이 분다

나비의 꿈을 꾸고
순수의 허물을 벗은 우리는
오롯이 장단에 맞추어
하늘과 땅이 하나 된다
어깨를 들썩이며 하나 된다.

검무산의 가을

한세월 높은 산은
추녀 아래 내려와
차가운 이슬로 맺힌
가을이 서러워 웁니다

당신의 푸르른 이상은
시들어 서글퍼 울고
갈잎도 하르르 쏟아져
통곡합니다

애타는 여인의 작은 가슴에
멍울진 계절은 망각의
노년을 재촉합니다

가을은 서러운 핏빛 물들이고
여인의 농익은 사랑이 시들어
무심의 눈빛이 걸렸습니다

마음이 늙고 가난한 식탁에
허망으로 응어리져
쓸쓸한 풍경이
차가운 아침을 먹습니다.

무대가 끝나고

자연에서 왔다 인연으로 만나
해 뜨는 태양이 밝아 오면
한 송이 꽃 피우다 떨어져
노을빛 눈물의 이별이 된다.

열정의 꽃 같은 굳은 맹세
굴곡진 인생길을 함께 걷다가
소슬바람 흔들리는 이별의 계절
초롱불 쓸쓸한 가을밤을 비춘다.

생과 사의 강물을 건너며
물결 아래 기억은 씻은 듯
사라지고 청명한 바람결에
본성의 맑은 이슬로 맺힌다.

둥글게 떠오르는 달이
구름 사이로 천천히 기울어져
달그림자 물결 위로 스치면
그리운 얼굴이 꽃처럼 진다.

무진장 가자

일벌레는 일하느라
쓰지도
못하는 돈 버느라
헤맨다.

허물을 덮어주는
그중에 최고의
큰 벌레가 바로
항상 웃는 헤벌레다.

딱딱한 껍데기를 벗고
흔들흔들 갈바람에
젖은 날개를 펼쳐라.

마음에 등불을 달아
어둠을 밝혀
채움보다 비움의
가벼운 겸손으로 무진장 가자.

거기서 뭐 해 온종일 기다렸는데

오늘도 삐걱삐걱
돌아오지 않는
시간이 돌고 돌아
여린 하루가 간다.

아련하게 젖은 영혼은
다가갈수록 점점 멀어지고
달과 구름처럼 만날 수 없다.

가만히 눈물이 흐르고
슬픈 날개를 고이 접어
만남의 내일을 기도한다.

지구별 푸른 하늘 위로
바람 따라 흘러가는
한 조각 구름 같은
많은 날
그중에 오직 당신.

벼랑 끝 천년 소나무를
스치는 인연이지만
일생에 마지막 사랑의
의미로 남고 싶다.

거기서 뭐 해
온종일 기다렸는데
가을사랑이 붉게 탄다.

어머니

시커먼 연탄이 비포장길을 달려
차디찬 방안을 데우고
주름진 얼굴에 하얀 소금 꽃이 핀다.

거친 삶의 파도를 넘어
뙤약볕 담금질에 물을 주며
희망의 흙꽃을 피웠다.

고단한 하루를 일으켜 세우고
스치는 바람도 한 결로 보듬어
순간순간을 행복으로 만들었다.

성실과 근면의 시대적 소임에
개밥바라기별과 눈 뜨고
홀로 우뚝 선 고향에 전설로 남아
한 조각 아름다운 풍경이 된다.

비탈길을 돌아
단단한 삶의 버팀목으로
비바람 앞에 늘 푸른 당신.

가을비

하늘이 우는 소리에
향기를 잃어버리고
시간은 말없이 흘러
돌아오지 않는
꽃 같은 날이 그리워 웁니다.

생기 잃은 얼굴
물빛 멍울이 되고
벌 나비 살포시 앉았던 자리
시들어 떨어져 웁니다.

물거품 같은 청춘은
고요한 호수의
메아리가 되어
아득한 하늘 위로
새처럼 날아갑니다.

푸른 말을 속삭였던
당신의 뜨락에
시커멓게 쌓인 목마름에
울컥 울음 웁니다.

마음에 묵은 앙금이
비와 함께 씻기고
심장을 나누던 가슴이 아려옵니다.

하중도의 봄

가슴 쓸쓸한 날은
유채꽃 성글게 핀
하중도로 가자.

바람결에 흔들린
순정이 꽃 피고
청춘이 돌아온다.

詩人의 마을에 둥근달이 뜨고
에움길 돌아
푸른 별 모퉁이에
꽃밭을 둘이서 거닐고
당신은 달콤한 향기가 난다.

산 넘고 강 건너 작은방으로
달보드레한 입맞춤이 뜨거운 밤
천천히 오랫동안
가슴 따뜻한 미소가 번진다.

별과 나

소나기가 내리는 그날도
발가락 사이를 미끈거리고
어둠이 깊을수록 거친 숨소리에
퉁퉁 부은 골짜기가 흠뻑 젖어 버렸다.

별이 되신 그날도
칠흑 같은 먹구름을 몰고 와
천둥소리에 놀란 하늘은 울었고
거칠게 어깨를 들썩이던 사흘이 지나고
슬픔은 밤의 등불을 켠다.

높은 곳에 초롱한 눈을 마주 보고
노을이 물들면 푸른 날개를 펼치고
꿈속에 들어와 자그마한 눈동자에 잠든다.

어둠이 길어질수록 더욱 빛나는 별빛이 밤마다
말뚝처럼 혼자 뜨는 샛별과 나란히 눈 감으면
슬픈 노래가 멈출 때까지 고요히 푸르다.

너를 위해 기도하게 하소서

비우고 낮추는 삶의 여정은
무진장 넓고 깊은 여백이 되고
기도의 대상이 타인이라면
거울에 비치는 세상은 아름답다.

바람 한 점 불지 않는 폭염은
시퍼렇게 높은 하늘을 만들어
헐벗고 가난한 사람들 품으며
시련의 비포장길을 걸었다.

작은방으로 뜨거운 숨결을 그리고
너의 영혼이 숨어들어온 날도
하나뿐인 기억의 조각을 되새기고
무한정 퍼 올린 사랑의 샘터가 된다.

향기로운 꽃향기가 가득한 뜨락으로
먹구름 몰려와 시원한 비가 내리고
영원한 행복의 길을 함께 걸었던
그곳은 지평선과 수평선이 하나 된다.

뜨거운 열대야에 뒤척이다, 서성이다
심장은 뛰고 마음은 산 넘고 강 건너
너에게로 가는 길에 달은 왜 이리도
나만 따라서 오던지 너도 나처럼 뜨겁다.

뿌리 깊은 올히남기

두꺼비 한잔 술이 달을 먹고
얼빠진 얼굴을 먹으면
땅의 이야기를 하는
달그림자를 안주 삼아
여름밤 뜨거운 사랑을 속살거린다.

술 한잔에 달이 웃고 오리 나르샤
북망산천 멀리 간 아버지 소식 듣고
올히남기가 푸른 말을 걸어오면
그 예스러운 얼굴을 그려본다.

내 가슴엔 마음과 마음을 포개어
뜨거운 피가 돌고 검붉은 얼굴의
호모사피엔스와 마찬가지로
덴 석기의 돌도끼를 만들고 있다.

전설이 춤추는 강가에
윤슬 반짝이며
아련한 과거가 선명하게 흘러가고
달그림자가 밤의 어둠을 재촉하면
떡달이 실없는 소리에 미소가 번진다.

접시꽃

한줄기 찬란한 얼굴이
허물어져 떨어진다.

아련한 과거를 돌이켜보면
타는 저녁노을로 사라져가는
어둠과 함께 포옹하고
한 줄로 서성이다
삶의 여백을 그리고 있다.

세월을 잡으려 잡았는데
허공을 가르고
둥근 달이 일그러진 하늘 아래
시간은 말없이 어둠을
재촉한다.

됐다.

한 움큼의 하늘을 볶아
고소한 너와 나는 아름다웠다.

한 줄기
소나기 내리는 여름날에
한철 꽃이 진다.

볼 빨간 달팽이

태어난 날 받은 밥상 위의
느린 달팽이
쉼 없이 길을 간다.

가느다란 더듬이
탯줄처럼 길게 뻗어
푸른 별의 역사를 읽고 있다.

나도 악착같이 붙어
너를 더듬어 오르고 올라
오로지 하나의 사랑을 쓰고 있다.

까칠한 털 복숭아의 붉은 숨결이
탄성을 지르며 떨면서 울어도
볼 빨간 달팽이는 쉼 없이 한길로
생각을 그리고 있다.

신명

계급의 갈등 속에서
헐벗고 춥던 동짓달
참기름 종지불 타는
고소한 냄새를 맡고 소반 위에
정화수 한잔이 목을 축이고 온다.

축제의 시작은 신이 머무는
벌거벗은 나무를 동서남북으로 감싸
서낭님이 오방색 옷으로 갈아입고
하늘에서 땅으로 내려오면
숨죽여 고요한 가운데
덜렁거리는 방울이 울리고
사람들은 나붓이 몸을 조아려
큰절을 한다.

오래 묵은 믿음과 신뢰가
투박한 나무에 매달려
비스듬한 그대로
너와 나의 삶이 만나는 그곳에선
신명을 다짐하는 세 번의 부름
"술령수"

피타콘 축제의 밤

하얀 도마뱀 한 마리
똑같은 하루를 씻으러 들어온
화장실 안에서 조그마한 장식처럼 붙어
생존의 본능으로 사람 흉내를 낸다

높은 빌딩 숲 사이로
도시의 그늘진 시궁창 옆에
다닥다닥 붙은 판잣집
순수한 사람의 정겨움이 되어 다가온다

하얀 무명저고리 입었다가
잿빛 검은 날을 세우고
도시의 그늘진 시궁창 속으로
꼬리를 자르고 달아났다가
금방 나타나 바쁜 걸음을 옮기고 있다.

아버지의 꽃 편지

달나라 옥토끼의 방앗간에서
쿵덕쿵덕 인절미를 만들어
마음이 가난한 창가에
달그락달그락 밤새워
두드린다

은하수 푸른 별이 흐르는
먼 하늘 아래
황금 물결 일렁이는 꽃밭에서
향기로운 당신이 함초롬하다

포르릉 그린나래 펼쳐
날아가는 작은 새 한 마리가
아침을 깨우면 가만히 눈을 뜨고
빙그레 웃으며 악수를 한다

언덕에 삐뚤빼뚤 비탈밭엔
등 굽은 호미질에 보들보들한
연둣빛 봄을 품은 푸성귀와
초롱초롱한 아침이슬을 담아
반짝반짝 빛나는 별을 헹구어 아침을 먹는다

따가운 태양이 주름진 얼굴을 비추면
밭고랑의 높고 낮은 이랑을 더듬어
아침이슬 쓰러져 소금 꽃이 피면은
하늘나라 편지를 담아 바람결에 날아오셨다.

* 함초롬하다 : 가지런히 서려 있는 모습
* 그린나래 : 그린 듯이 아름다운 날개

낮술 한잔

이상향을 찾아 쉼 없이 이동한
호모사피엔스의 후예로 살아남아
술이 익기를 기다리는
마지막 광대가 되고 싶다.

시들어 가는 청춘의 성전에
술잔을 들고서 다시 돌아가고픈
주머니 안으로 자리를 찾아
따뜻한 동면을 꿈꾸는 둥지에서
그리움을 삼키고 싶다.

설익은 고두밥을 말리고
부패한 누룩과 함께
키보다 자란 검은 독에서
보글보글 뜨거운 사랑으로 익으면
가만히 다가가서 술잔을 나누고 싶다.

뜨거운 태양 아래 소금 꽃이 피고
인연 없는 단절통에
가끔 저리면 우윳빛 낮술 한잔
투박한 사나이 가슴은
빛바랜 그리움이 아롱거린다.

찔레꽃 피던 날

화려하지 않은 자그마한
푸르른 꿈을 꾸고
하얀 무명 저고리
다소곳하게 피어올라
버선발로 딛고 선 춤추는 아이

오월의 햇살이 따사로운 날
허기진 배를 잡고 다시 피어나
가난이 일상인 기억을 더듬어
여백을 그리고 있다.

목마른 아이들
푸른 순을 꺾어
사각사각 사각사각
싱그러운 향을 머금고
전설의 속삭임을 듣는다.

걸음걸이 너울너울 춤추는
홑버선 아래 꽃잎을 웅크리고
또바기 딛고 선 소맷자락
나비같이 살포시 앉았다.

민들레

밟혀도 밟혀도 다시 피어나
하얀 마음 바람결에 날아가
당신의 뜨락에 꼬옥 피리라.

홍매화

물오른 가지에 꽃눈을 뜨고
더벅머리 총각이 볼까 봐
살짝 눈을 감았다.

봄볕 따스한 바람이 불어오면
붉은 치맛자락 향기로운 그곳에
춘심이 터진다.

겨우내 언 손의 투박한 수고로움에
이리저리 잘린 가지는 슬픔을 딛고
냉가슴 애달픈 그리움을 삼켜도
앙다문 입술을 적시는 봄비에 꽃잎 터진다.

홍매화 붉은 초경에 뛰는 가슴
빼앗긴 마음을 되돌리려 해도
피할 수 없는 봄의 춘정이
뜨락 가득 솟아오른다.

밤이 길던 그날

시간이 멈춘 그날
숨소리 뜨거운 그날
마른침 꼴깍 목젖을 타고 흐른다.

깊은 샘물
산마루를 흘러
천년 바위산 쿵쿵
계곡을 지나 바다로 간다.

시간은 멈추고
아슴아슴 안개가 밀려와
각인된 기억은 봉인을 푸는데

봄꽃이 핀 골짜기엔
벌에 쏘인 듯 퉁퉁 부은
마음이 녹아
달콤한 샘물이 솟아 오른다.

밤이 길던 그날
아찔한 너와 나는 하나가 된다.

마지막 눈이 내린다.

봄이 온다는데 눈이 내린다.
차가운 방안 창문 너머로
밤새워 눈이 내린다.
바쁘고 정신없이 살다가
멀리까지 왔는데 눈이 내린다.

금방 저무는 겨울날의 하루를 보내고
노을이 물들면 무거운 어깨의 짐을 내려놓고
가볍게 비워낸 밤을 지나
겨울이 끝나는 마지막 날
가장 상큼하고 푸르던 시절로 돌아간
당신의 맑은 미소가 눈꽃이 되어 날린다.

꽃

밤새워 바라보고 꿈길에 만나
꽃길만 걸어갑시다.
당신은 내 마음속에
한 송이 꽃입니다.

행복이란 두 글자는
언제나
당신과 함께 하는
즐거운 밥상의 달콤한 양념입니다.

오늘도 소중한 하룻길
당신의 눈동자와
입 맞추고 소곤소곤
사랑을 속삭입니다.

환하게 웃으며 다가온
당신의 얼굴은
봄날의 햇살 가득한
꽃입니다.

산사의 여름

무형의 영혼이 멍하니 머무는
산사의 범종 울릴 때
마른번개가 산맥을 달린다.

벼랑 끝에 불어오는 바람
푸른 청솔 가지 위로
검은 뭉게구름 솟아오르고

물끄러미 바라보던
큰 스님 주름살 위로
우두커니 홀로
염화미소 번진다.

한줄기 소나기
세상을 적시고
우담바라 꽃이 핀다.

주홍빛 아궁이

시커먼 아궁이 앞에
검은 솥은 대지의 숨소리
뜨거운 입김 토하고
구수한 짚과 콩깍지는 누렁이
뜨끈한 아침을 깨우고 있다.

굴뚝에 연기 마을을 지나
산길을 오르면 타다 남은
숯불에 구운 고구마 하나
까만 눈동자의 시선 안에서
이리저리 검정을 구르고 뒤척인다.

동무와 놀던 산길은 까치가 날고
개구리 울음소리 멈춘 자리에
스리랑카에서 온 젊은이들이
땀 흘려 일하는 공장이 우뚝 솟아 있다.

눈 내린 산길을 넘어 돌아오던 날
우두커니 홀로선 서낭당 나무는
찬바람에 눈물을 삼키고
외면의 속울음 우는데
석양이 물들어 어둠이 찾아온다.

늘 갈망하는 눈빛으로
그 겨울 행복을 찾아
길 떠난 나그네의 눈동자엔
따스한 온기를 전해주는
아궁이 안 주홍빛 숯불이
환하게 웃으며 반긴다.

추억

뽕잎 먹고 꼬물꼬물
하얀 나비 꿈꾸며
둥글게 토해낸
명주실 한 타래가
홀치기 바늘 위로 날아다닌다.

아버지 마른기침에 아침이 오고
길고 긴 굴곡진 세월을
노동과 바꾼 청춘은
주름살 밭고랑이 깊게 파여
저녁노을이 서산을 물들이면

둘레판 밥상머리
옹기종기 제비 가족 모여 앉아
웃음 반찬 보시기에 소복소복 쌓아놓고
두고두고 생각나면 쟁여둔 사랑을
숟가락으로 퍼먹는다.

외할머니

내 고장 십이월,
이야기 꽃피는
산골짜기
시골집이 그립다

외할머니 전설이
도란도란 풀리고
비뚤어진 서까래와
굽은 대들보에
윗목이 따사롭다.

소곤소곤 이야기 속
처녀 귀신 울음이
찬바람 이불 속으로
파고 들어와 여린 아이
콧등은 시리다.

아이는
할머니 젖가슴 보듬은
손가락 빨고
오줌 싼 이불
수줍은 소녀 단잠 잔다.

소피아

그녀는 모른다
봄부터 비바람에 시달린
국화의 서러움을 자연이 아닌
인공지능이 감히 알까?

한 달에 한 번 그분이 오시면
오르락내리락 짜증 내는
여자를 소피아는 모른다.

밤새워 우는 부엉이의 그리움과
여름 한 철 뜨거운
태양과 찬 서리 내린
가을이 지나간 들판의 허전함을
소피아는 모른다.

자유의지와 양심의 잣대로 삶을 재단하는
결 고운 시인의 아슴아슴한 시와
다른 사람의 인생을 통해서
나를 성장시키는 어울림과
자아의 확장을 소피아는 모른다.

* 소피아는 사우디아라비아의 시민권을 받은 최초의 휴머노이드 인공지능 로봇 인간
  사람처럼 생각하고 배우고 노래하고 영화에도 출연한 다재다능한 로봇 인간

그

그리워요
그리고
그의 눈빛

그녀의 속삭임
그날,
그곳의 뜨거움
그녀의 몸부림
자지러지는 신음

명왕성보다
먼 허공에 핀 뒤태
그 눈물
그리워요.

사막을 걷는 외로운
나그네와 고독한 바람,
긴 그림자 목마른
입술을 적시는
한 모금의 사랑이 된
그.

산티아고 가는 길

당신의 하루는
고요의 바다,
비릿한 파도의
너울이 잠잔다

부산하게 부서지는
하얀 물거품이
금방 사그러져도
끝없이 다시 뛰는
뜨거운 심장

찬란한 태양을
동경하고 낯선
재잘거림으로
하루를 불태우며
노란 조개를 찾아서
걸음을 재촉한다

노을빛 스러지는
노쇠한 육신은 어릴 적
어머니 품에 잠들고
또 다른 그리움으로
아침을 걷는다.

아들아

멋진 날은 스스로
만드는 것이다

세상에 완벽한 것은 없다
시간과 공간도 늘 변한다.

그러나 진실로
사랑하는 것은
보석보다
가치 있는 것이다.

스스로 마음 밭에
사랑을 갈망하고
우직하게 꽃피워라

행복을 스스로 밝혀,
빛나는 등불이
되길 바란다.

천년의 나래

두루미 한 쌍이 목적지를 향해
날갯짓하는 맑은 아침이 밝았다.
청옥 같은 하늘빛 고색 찬란한
고려청자 위를 두루미 짝을 지어
나래를 펼치고 있다.
우리들의 조국은 아름다운 계절을
보듬어 안고 내일을 위해서
오늘을 걸어간다.
옛살비 하늘에 나래를 펼치고
면면이 살아낸 전설이
살아가는 사랑의 품으로
과거를 날아와 여행하는
농밀한 설렘 사이에
문지기 없는 하늘로
추억을 그리고 간다.

* 옛살비 : 고향

눈물

가을은 슬프다.
자박자박 부서질
가을은 눈물의 바다다.
나무의 수관은 모두 비우고 버려야
겨울을 버티고 계곡마다
나무의 맑은 피가 눈물로 흐른다.

눈물은 깨어있는 생명이고
과거는 그림자다.
그림자 보고 우는 바보는
기억에 희생자이다.

현재에 깨어 있는 바다여
아름다운 사람 꽃이여
숨 쉬는 것은 모두 부처다.
관세음보살보다는 더욱
어여쁜 나무의 눈물이여

마음 밭에 행복한 씨를 뿌리고
맑은 습관의 눈물을 뿌려라
순간순간이 행복이다.
울어라, 살아있는 나무야
파도야 소리쳐 울어라
나무의 눈물은 살아있는
전설이다.

또바기

일본은 한국의 공동체 문화를
배워서 마을마다 신사를 세우고
마츠리(축제)때 타지에 나갔던
자식들을 집마다 한 명씩 참여시켜
신을 가마에 태우고
결속을 다지며 즐긴다.

대한민국에 살아가는
모든 국민이
식민지 교육을 받았고
식민지 교육을 받은
교육자로부터 교육을 받았다.
마을마다 있던 서낭당을
미신이라는 교육을 내세워
위대한 조상들의
문화장치를 말살당했다.

법보다
도덕보다
예의, 염치, 양심을 가지고 살았던
선량한 문화민족의 자손인
우리들의 미래가 과거를
버려서야 될까?
조상의 빛나는 얼을
오늘에 되살려 후손에게
또바기 물려 줘야 할 사명이
나에게 있다.

* 또바기 : 언제나 한결같이 꼭 그렇게

꾹꾹 눌러쓴 연서

맑은 하늘에 푸른 물감
풀어 놓은 가을 사랑아
단춧구멍 뚫린 작은 마음에
가만히 편지를 쓴다.

점묘법 수채화 느낌으로
하늘을 수 놓았다.
갈바람에 흔들리며
얼마나 더 많은 그리움을 꾹꾹
찍어야 행복의 문이 열릴까?

흐르는 세월은 말이 없고
뽀얀 구름은 또 다른
그리움을 하늘에 꾹꾹 눌러
쌓았다가 펑펑 울었다.

바람의 붓질에 쉼 없는
강아지풀 인생이여
무심하게 살아가다
빈 껍질로 쓰러지겠다.

아름다운 사건

아름다운 사건의 피고는
동안이 늙어 할머니가 되도록
한 사람을 사랑한 죄로
불구속 기소에 충분하다.
증거 불충분으로 공소 없으므로
본 사건은 환송한다.

따뜻한 가슴으로 들락날락
분주한 한 결은 꾸역꾸역
참기름을 내리고
고소한 삶이 따뜻함이 담겨
붉은 열정의 고추장과 비비고
달보드레한 맛을 함께 한다.

언젠가 내려야 할 인생 역에서
탄식의 날개를 고이 접어
사흘의 눈물이 마르면
하늘나라 구름 계단을 올라가
푸른 별이 된다.

밤마다 순정이 눈뜨면
가만히 눈을 감고
시리도록 푸른 청춘을 그리고
처음처럼 아침이 올 때까지
뼈 없는 물안개가 되어
푸른 별을 더듬고 있다.

북소리

빠른 북소리가 바람을 불러와
어깨의 들썩임이
단단한 땅을 만나는 날
철썩이는 바다를 건너온
낯빛 검은 무녀가 허공을 맴돈다.

귓가를 스쳐 지나가는 울림은
마파람 치는 관객과 흥이 올라
둥근 북소리 박수와 어우러져
신바람에 온몸을 맡긴다.

팔과 다리를 뻗어 나가 딛고선
그곳은 너와 나 춤추는
우리에게 바다와 같은
너울의 감동으로 밀려와
파도처럼 부서진다.

태양의 햇살처럼 솟아올라
달빛 아래 은은하게 나아가
사람과 사람을 이어주는 교감은
바다보다 깊고 넓은 북소리가 운다.

제목 : 북소리
시낭송 : 박태임
스마트폰으로 QR 코드를 스캔하면
시낭송을 감상할 수 있습니다.

불멸의 문장

문장이 문단을 이루고
오롯이 상징을 한다면
세상을 모두 가진 사람이 된다.

앵두 빛 꿈을 나누어 먹고
눈물의 샘물을 퍼 올려
인생의 거친 바다에 서정적인
진실한 배를 타고 절창을 향해 간다.

한결같이 달콤하게 씹히는
향기로운 하루를 살고
영혼을 나누는 사랑만 남아
끝없이 기억되는 불멸의 문장이 된다.

줄줄이 담백한 행간은
인생의 책장을 넘길 때마다
한 페이지 한 줄 또박또박
어둠을 밝히는 등불을 읽는다.

하늘 맑은 날

하늘이 아름다운 선물 같이 좋은 날은
늘 가난한 마음 밭에 고운 시향 가득히 흘러서
온 누리에 넘칩니다.
시를 볶아 고소한 참기름 내리면
푸른 말을 하는 문장은 고소한 삶의 향기가 납니다.
많은 시간이 의미가 되어 질문과 살았을까요
언제나 일상의 이야기가 씨앗이 되어
시 향기 가득한 당신의 뜨락에 한 줄 시어를 심으면
겨울날 아랫목에 군고구마 한 톨 화롯불에 구워져
솜이불 발아래 기억을 호호 불어서 먹습니다.

탈춤을 추며

백정의 험상궂은 얼굴로
도끼를 휘둘러 희생을 바치고
오줌 냄새에 육정이 치밀어
속세의 음흉한 눈빛이 되기도 한다

턱도 없는 소리 비틀거리며
안동 사투리로 헛기침하고
큰 부채를 펼치는 양반이 되어
허울뿐인 지체 자랑에
건들건들 팔자걸음을 걷는다

한 많은 과거를 풀어
하루를 살고자 손에 든 쪽박에
허기진 허리를 흔들며
눈물로 짓무른 한 많은 삶
서글픈 눈동자의 할미를 본다

마음이 가난한 진실의 바다를 마시며
바람을 따라 누구도 가지 않는 길을 걷는 날
새로운 질서가 펼친 마당에 신바람이 불어
여백의 착한 자아와 신비로운 여유가 있다.

별신굿 탈놀이

보이지 않는 미지의 그곳으로
태양의 시선에 부끄러움도 없이
낮술에 취한 듯이 허우적대는
검은 동그라미와 하나가 되어
나는 너를 찾아간다.

빛을 찾아 날아가는 불나방으로
까맣게 타 흔적 없이 사라져도
베개를 적시는 어둠이 내리면
나는 너를 향해 간다.

등이 휘도록 굽이굽이 오르고
절박한 호흡에 숨을 잊고
눈동자 속에서 절실한
눈물과 땀으로 흠뻑 젖어도
너의 품으로 바람이 되어 간다.

검은 보자기 쓰고 움푹 파인
눈동자가 반짝이는 하회탈 안에선
가늘게 들려오는 너와 나의
거칠어진 숨소리가 잦아들 때까지
서로를 탐하는 본능으로
살아 숨 쉬는 증거를 찾는다.

너의 빛으로

고요한 물 위를 날아가는
물수제비 마냥
찰랑찰랑 나지막한 목소리로
속살거리며 귓가를 맴돌고
가라앉은 돌멩이가 되고 싶다.

바람결에 갈대 같은 인생
한줄기 뿌리 깊은
싱그러운 오월의 나무로 살다가
너에게 시원한 그늘이 되고 싶다.

태양이 가슴을 태우고
서산을 물끄러미 바라보다
낙엽처럼 사라져도
오직 너의 가슴에 살포시
저물어 안기고 싶다.

달그림자 창문을 두드리면
꿈길에 만나 오월을 걸으며
너의 빛으로 살아가는 나는
오롯이 사랑의 이름이고 싶다.

바람의 나그네

덜커덩 철마는 너를 향해
붉게 물든 노을 속으로 달린다

그리움을 싣고
바람을 가르며
금계국 노랗게 핀 철길을 따라
어제의 추억을 찾아서 간다

신록의 푸른 계절
변함없이 돌아와 무지갯빛 꿈을 꾸는데
지친 하루 어둠만 내린다

오고 가는 덧없는 세월
이리저리 날리는 꽃잎처럼
이제는 종착역
바람 같은 나그네 인생이다.

제목 : 바람의 나그네
시낭송 : 박태임
스마트폰으로 QR 코드를 스캔하면
시낭송을 감상할 수 있습니다.

예뻐지는 약

자연에서 왔다
자연으로 돌아가는 길에
샘물처럼 솟아올라
맑고 투명한 미소가 향기롭다

대지를 적시고 꽃을 피우는
머리보다 가슴이 뜨거운 명약
지평선 너머 수평선을 보는
그윽한 눈빛이 붉다

열정이 가득한 바람 같은 실천에
허튼 몸짓을 보듬는 손끝의 온기
낯가림을 안아주는 귀여운 말투
예쁜 구석이 눈과 귀에 박힌다

예뻐지는 말
니가 젤루 이뻐
참 예쁘다
니가 젤 이쁘다.

첫눈처럼 오신 당신

첫눈을 뜬 강아지처럼
낯선 아침이 밝아오면
오늘도 신비로운 하루가
어제와 다른 이야기꽃을 피운다.

밤바다에 파도가 되어
당신이 나에게 부서진다면
홀로선 바위섬에 우뚝 솟아
사랑을 밝히는 겨울 등대가 되고 싶다.

겨울 바다 위를 솟아오르는
태양처럼 포물선을 그리며
쓸쓸한 너의 일상을 맴돌고
만날 수 없는 아쉬움도 잊어버리고
그리움에 일렁이는 눈물의 바다를 비추고 싶다.

첫눈이 오는 날이면
당신과 나는 물꽃을 피우며
매달린 삶이 부표처럼 또바기
바람의 길을 따라 돛을 펼치고
눈 내리는 어둠의 바다를 더듬고 있다.

바람결에 풍경소리

얼음판 위를 걷듯
살금살금 살펴보면
내면의 여린 마음이
쩍 갈라져 불쑥 그대를 만난다.

눈을 감으면 더 멀리 보이는 절벽
아득한 벼랑 끝에 하늘이 열리고
천천히 오랫동안 낮은 숨결
바람을 잠재운 허상에 매달린 업보.

탈착의 시간엔 조용히 눈을 뜨고
앉은뱅이 우주를 날아 막힘 없는
보이는 것 너머로
허물없는 마음의 큰길을 간다.

풍경소리 울리는 가을이
오고 가는 눈뜬 물고기
바람결에 허공을 헤엄치다
면벽에 막힌 수도자의
어두운 귀를 뚫는 사자후의 소리
메아리가 되어 들린다.

가을이 오면

찬 바람이 부는 날에는 그대 오실까
꼬깃꼬깃 구겨진 생각이 저물어
밤이면 뜨거운 가슴으로 두 눈을 감고
산 넘고 강 건너 그대를 그려본다

반복된 시간의 그물에 걸려
오지도 가지도 못하는
둥지를 맴도는 작은 틈에서 잠시나마
벗어나 흔들린 마음이 가득하다

혹독한 겨울의 찬바람을 이겨낸
물오른 우듬지 위로 소복한 희망이
풋풋한 그대의 봉긋한 마음을 열고
연둣빛 봄날에 늘어진 버드나무처럼
시원한 바람에 하늘하늘 춤을 춘다

무명저고리 끝 선을 맞추고
땀으로 얼룩진 야릇한 깃에
그대의 이름을 부르면 갸름한 미소로
찌그러진 옷고름 풀고 가슴을 열어
그리움의 다리미로 허기진 인정을 피운다.

낮달

어떡하죠
잊을만하면
생각나는 당신

딱 한 번 맺은 인연에도
해지면 잊지를 못하고
서산을 돌고 돌아

한 달에 한 번씩 환하게
미소 지으며 다가와
서성이다 물들고
발그레 떠오르는 얼굴

때로는 부끄러움도 없이
낮에도 덩그러니
혼자서 그리움에 맴도는
너를
어떡하죠

거미줄에 걸린 사랑

필연의 그물에 걸렸다
꼼지락거려도 제자리걸음
벗어날 수도 없는
헝클어진 시련의 올가미에
웃다가 울었다

하루하루 고단한 살림과
거친 생활의 무게에 짓무른 눈가
그리움 곱게 꽃단장하고
바람처럼 자유로운 꿈을 꾼다

연분홍 인연의 꽃을 피우려
여울지다 흐르는 세월이 저문다
사랑의 종착역에 드리워진 그림자
서산을 내려온다

참사랑 엮어서 푸르른 하늘 창에 높게 걸고
싱그러운 내일을 그려본다
몇 번의 아름다운 시월이 나에게 남았는지
노을빛 가을이 빨갛게 물든다.

보곱다는 말

그리움의 말 바람에 실어 보내면
꽃잎처럼 떨어져 흔적 없이 사라져
내리는 빗물에 눈물로 지워져
오랫동안 허물없던 한결같은 물빛으로 스민다

노을빛 저물어 어둠이 찾아오면
아련한 마음을 추스르고 가두어도
너에게 강물이 되어 흐른다

한줄기 덧없는 바람에 몰고 온
먹빛 구름 아래 청춘은 비에 젖어
퇴색의 외길을 따라
햇살 품은 사랑을 찾아
달콤했던 시절을 그리워하며
낮은 곳으로 바람을 따라간다

보곱다
보고 싶다
텅 빈 가슴에 바람이 분다.

꽃신 신고 꽃길만 오신다

따뜻한 햇볕을 살찌우며
미세먼지에 찌든 하늘 아래
푸른 별은 새싹을 출산한다.

결빙의 꽃샘추위에도
아랑곳하지 않고
거리마다 향불을 달아
바람결에 한 움큼 꽃향기가 난다.

겨우내 웅크리고 있던
그리움을 한 뼘씩 키우고
오롯이 뜨거운 최초의 악수

반가운 마음으로
봄꽃 단아한 붉은 입술에
느닷없는 춘설이 날리며
하얀 분칠을 하고 있다.

꽃신 신고 새싹은 오신다
꽃신 신고 꽃길만 걸어오신다.

가을비에 우산을 접고

귀뚜라미 풀벌레 소리
촉촉하게 젖은 물빛이
새들의 지저귐이
가을의 아침을 맞는다

보이지 않는 사랑보다
가슴으로 다가오는
인연의 만남이 달콤하다

외면의 담을 높이 쌓아
산 넘고 강 건너 떠나간
그리움의 가을 나이가 저물어 간다

물을 가르는 용맹한 돌팔매
파문이 솟아오름도 잠깐
시간의 무게에 가라앉아
물빛 여린 마음을 이어 필연의 베를 짠다
태양처럼 따뜻하고 부드러운
가을비에 우산을 접고 야릇한 너에게 젖는다.

그리움은 강물처럼 흐른다

한여름 밤의 꿈처럼
아련한 달이 뜨면
야릇한 미소를 머금은
어릴 적 소꿉친구를 닮은
끈끈한 진심이 무척이나 반갑다

인연의 강물을 건너온
지친 어깨를 보듬어 안고
돌고 돌아 흐르다가 잠깐 만나
필연의 눈물을 닦아 주었다

달그림자 투신한 물결 위로
그리움은 높은 곳에서
낮은 곳으로 길을 만들고
떠나고 난 다음부터 다시 볼까
돌아올 줄 모르는 강물은 흘렀다

눈물은 마르고 말라
까맣게 타버린 잿빛 하늘 위로
먹먹한 가슴에 뜨겁게 내리는
한줄기 소나기로 오시면
절정의 신명으로 그리움은 강물처럼 흐른다.

백정탈

고려와 조선의 겨울을 견디고
가장 낮은 계급사회의 몸뚱아리
백정이라는 말이 변해서
백성이라는 단어가 만들어졌다

한국의 탈춤에서 유일한 백정
이름 그대로 칼과 도끼를 들고
삶과 죽음의 외줄을 걸으며
세월의 강물을 돌고 돌아
맥맥히 살아남았다

비우고 낮추는
까칠한 하루가 저물어
노을이 서쪽에 물들면
번개보다 빠르게 휘두른 도끼
불그레 녹슨 삐딱한 고통을 던진다

처음부터 짓무른 빈틈을 채우고
느린 강물은 시간을 거슬러
어둠이 깊을수록 더욱 빛나는
핏빛 그리움의 불꽃을 태운다.

낮은 곳으로 길을 가다

여린 소녀의 연분홍 치맛자락 닮은
진달래꽃은 지는 봄이면
노랗게 피어난 농염한 얼굴의
산수유꽃 붉은 마음을 읽는다.

봄의 길목에 제비꽃처럼
보랏빛 얼굴로 다시 피어
부르심에 달려가겠다는
가을의 슬픈 기도를 올린다.

하얀색 물거품의 시간이 지나고
지극히 어지신 당신과 맺은 약속
거룩한 핏빛 계약의 밤이 오면
이끼 낀 돌담길 밑으로

은방울꽃 떨어지는 날에
무거운 십자가를 내려놓고
평화의 안식을 주시는
당신의 낮은 곳에 갑니다.

흐르는 물처럼

추위가 매서운 날이면
봄의 길목을 그리워한다
유난히도 따뜻한 양지바른
산비탈 분홍빛으로 마중 나온
성급한 진달래꽃이 봄을 재촉한다.

긴 겨울 별을 바라보던
어머니 품속 같은 시절이
어린 시골의 느린 언덕에서
풀피리 소리 아련하게 들린다.

열정을 바치던 푸른 계절이
흐르는 강물처럼 무심히 돌아
흔들리는 달그림자 아롱거린다.

꽃으로 오신 당신은
아지랑이 같은 사랑은
삭풍에 속절없이 떠나고
하얀 눈 날리는 낙동강은 흐른다.

회귀본능

나그네의 숙명
푸른 하늘을 향해
나부끼는 깃발처럼
정처 없는 정착지를 찾아 간다

푸른 바다가 그리워
아가미 벌리고 묵언의 수행
거친 눈보라 맞으며
매달린 몸뚱아리 얼고 녹은 아침이면

넥타이 조여오는
바닥 잃은 무게와
삶과 죽음의 변곡점을 맴돈다

해 뜨는 태양이 밝아오면
아슴아슴 눈알을 맴도는 시선
길게 줄을 선 기다림
마지막 이별의 절실한 몸부림
그림자의 회귀본능이 대롱대롱
바다를 꿈꾸며 대롱대롱
그리움이 그네를 탄다.

온돌방에 첫눈이 오면

첫눈이 장밋빛 볼을 보듬고
구름과 춤추며 날아올라
푸르른 대나무 숲으로
텅 빈 숨결 같은 눈이 내린다.

엎드려 고개 숙인 댓잎에
서걱서걱 도포 자락 소리가
빛바랜 먹물 같은 돌담길을 돌아
펑펑 쏟아져 내리는 하얀 눈꽃이
그리움의 말씀을 듣고 있다.

저녁부터 아침까지 붉은 아궁이
두꺼운 솜이불 깔린 구들장 아래로
맑은 바람과 겸손한 글을 외우고
꿈길을 걸어와 옛이야기를 한다.

첫눈이 소복하게 내려와
백설기 떡처럼 쌓인 날은
까만 밤의 두려움을 지우고
달그림자 비치는 강물 위로
아련한 그리움을 더듬고 있다.

아름다운 사건

최영호 제3시집

2020년 2월 28일 초판 1쇄
2020년 3월 4일 발행
지 은 이 : 최영호
펴 낸 이 : 김락호
디자인 편집 : 이은희
기 획 : 시사랑음악사랑
연 락 처 : 1899-1341
홈페이지 주소 : www.poemmusic.net
E-Mail : poemarts@hanmail.net

정가 : 10,000원
ISBN : 979-11-6284-185-3